W9-AGZ-838

Cu Canguro

Gabriela Keselman y Nora Hilb

Keselman, Gabriela
Cu Canguro; ilustrado por Nora Hilb. - 1a ed. - Buenos Aires : Editorial Norma, 2013.
32 p. : il. ; 21x24 cm. (Buenas Noches)

ISBN 978-987-545-614-3

1. Literatura Infantil y Juvenil Argentina. 2. Cuentos. I. Hilb, Nora, ilus.
CDD A863

San José 831, Ciudad de Buenos Aires, Argentina

Impreso en la México – *Printed in Mexico*

Primera edición: marzo de 2013
Primera impresión México, febrero de 2015

Edición: Laura Leibiker
Coordinación: Daiana Reinhardt
Diagramación: Romina Rovera

CC 29010296
ISBN 978-607-13-0226-7

Cu Canguro

Gabriela Keselman y Nora Hilb

www.librerianorma.com | www.kapelusznorma.com.ar
Bogotá, Buenos Aires, Caracas, Guatemala, Lima, México, Panamá,
Quito, San José, San Juan, Santiago de Chile

CU CANGURO SE DESPERTÓ Y ASOMÓ LA NARIZ.
ERA EL DÍA PERFECTO PARA TENER GANAS DE SALTAR.

BUSCÓ SU CUERDA FAVORITA.
Y SALIÓ COMO UN RAYO DE LA BOLSA DE SU MAMÁ.

SALTÓ SOBRE UNA PIEDRA.

SALTÓ DEBAJO DE UNA TELARAÑA.

SALTÓ DESPACIO,
RÁPIDO Y MÁS O MENOS.
SALTÓ HASTA DIVERTIRSE MUCHO.

CUANDO VOLVIÓ JUNTO A SU MAMÁ
TENÍA UNA SONRISA DIBUJADA EN LA CARA.
LAS ZAPATILLAS ESTABAN MANCHADAS.
Y LA COLA HECHA UN NUDO.

DE UN SALTO TRATÓ DE METERSE
OTRA VEZ EN LA BOLSA.
¡PERO SUS OREJAS NO CABÍAN!
¡SUS PATAS TAMPOCO!
¡Y MENOS QUE MENOS SU CUERDA DE SALTAR!

DENTRO DE LA BOLSA DE SU MAMÁ HABÍA ALGO
QUE OCUPABA MUCHO LUGAR.
—MAMÁ, ¿QUÉ HAY EN TU BOLSA? —PREGUNTÓ—.
¿UN REGALO PARA MÍ?

PERO ANTES DE QUE SU MAMÁ PUDIESE CONTESTAR,
ALGUIEN ASOMÓ LA CABEZA.
ERA UNA CABEZA PARECIDA A LA DE CU,
PERO MÁS PEQUEÑA.
UNA CABECITA.

TENÍA OJOS Y NARIZ Y PELO.
COMO LOS DE CU, PERO MÁS PEQUEÑOS.
ERA UN CANGURO COMO ÉL,
PERO MÁS PEQUEÑO.
UN CANGURITO.

¡UN CANGURITO SE HABÍA METIDO
EN LA BOLSA DE SU MAMÁ!

CU CANGURO LO MIRÓ FIJAMENTE.
LOS OJOS SE LE CONVIRTIERON EN DOS RAYITAS.
LAS CEJAS SE LE JUNTARON.
Y, ENOJADO, LE SACÓ LA LENGUA.

EL CANGURITO LO MIRÓ TAMBIÉN Y LE OFRECIÓ UN CHUPETE.

–TE CONTÉ QUE IBAS A TENER UN HERMANITO –DIJO LA MAMÁ Y LE ACARICIÓ LA FRENTE–. ¿NO TE ACORDÁS, CU?

¡¡¡ASÍ QUE *CANGURITO* ERA LO MISMO QUE *HERMANITO*!!!

CU CANGURO NO NECESITABA UN HERMANITO.
QUERÍA ESTAR SOLO EN LA BOLSA DE SU MAMÁ.

MOSTRÓ LOS DIENTES
PARA PROTESTAR.

PREPARÓ LAS PATAS
PARA PATALEAR.
Y LAS PESTAÑAS
SE LE MOJARON.

ASÍ QUE DE UN SALTO SE ALEJÓ DE ALLÍ.
SE TUMBÓ EN EL CÉSPED.
PROTESTÓ Y PATALEÓ.

Y HASTA LLORÓ UN RATO ENCIMA DE LAS HORMIGAS.

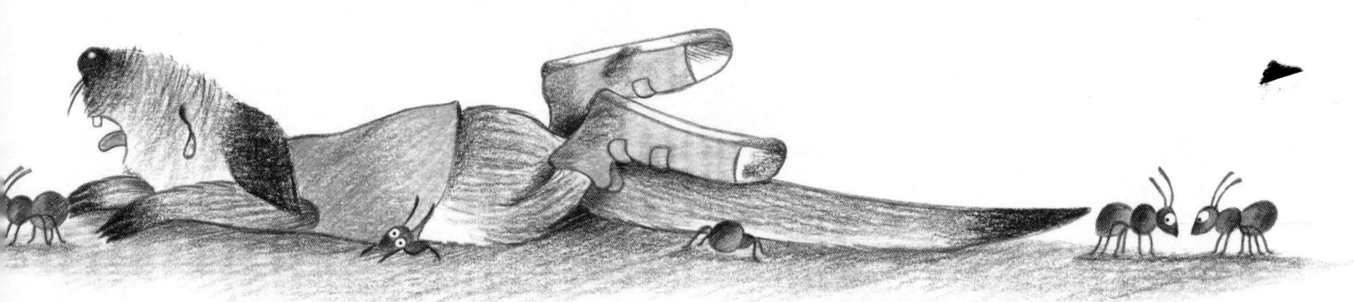

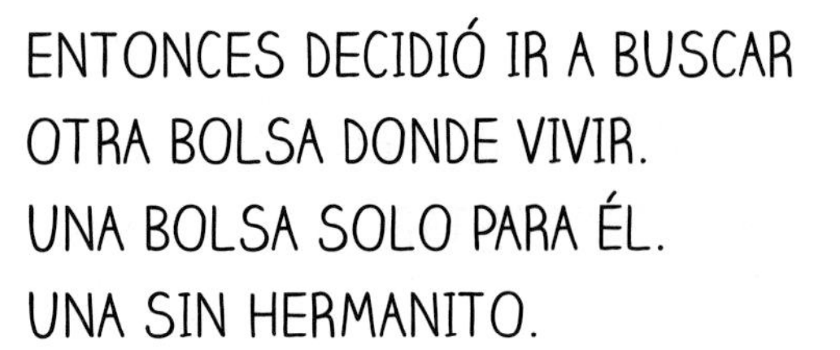

ENTONCES DECIDIÓ IR A BUSCAR
OTRA BOLSA DONDE VIVIR.
UNA BOLSA SOLO PARA ÉL.
UNA SIN HERMANITO.

AL LLEGAR AL PUEBLO SE ENCONTRÓ
CON SU AMIGO EL CARTERO.
COLGADA DEL HOMBRO
LLEVABA UNA BOLSA MUY GRANDE.
NO ERA COMO LA BOLSA DE SU MAMÁ,
PERO PARECÍA MUY CÓMODA.

–¿ME LLEVÁS EN TU BOLSA,
OTO ORNITORRINCO? –LE PIDIÓ.
–POR SUPUESTO, CU –RESPONDIÓ
OTO ORNITORRINCO.

CU TRATÓ DE METERSE DENTRO DE LA BOLSA.
PERO SE ENGANCHÓ LAS PATAS CON UN MONTÓN
DE CARTAS Y DE PAQUETES.
UNA ESTAMPILLA SE LE PEGÓ EN LA MEJILLA.
Y EL CARTERO, POR ERROR, CASI LO METE EN UN BUZÓN.
¡ESTO ERA PEOR QUE UN HERMANITO!

CU CANGURO SALIÓ DE LA BOLSA DE UN SALTO.
Y SE METIÓ DETRÁS DE UNOS ARBUSTOS.
DE PRONTO VIO PASAR A SU AMIGA LA CERDITA.
VENÍA DE COMPRAR FRUTAS Y VERDURAS.
Y LAS LLEVABA EN UNA BOLSA ENORME.
NO ERA COMO LA BOLSA DE SU MAMÁ, PERO PARECÍA
MUY CÓMODA.

—¿ME LLEVÁS EN TU BOLSA, CELI CERDITA? —LE PIDIÓ.
—POR SUPUESTO, CU —RESPONDIÓ SU AMIGA CELI CERDITA.

CU CANGURO TRATÓ DE METERSE EN LA BOLSA.
PERO SE GOLPEÓ LA NARIZ CONTRA LAS MANZANAS.
UN CHOCLO LE HIZO COSQUILLAS EN EL BIGOTE.
Y LA CERDITA, POR ERROR, CASI LO PELA COMO A UNA BATATA.
¡ESTO ERA MUCHO PEOR QUE UN HERMANITO!

CU CANGURO CHAPOTEÓ EN EL BARRO
Y SE MARCHÓ.
FUE POR UN CAMINO.
Y VOLVIÓ POR EL MISMO.
HASTA QUE SE LE OCURRIÓ
MIRAR HACIA ARRIBA.

SU AMIGO KOLI KOALA TREPABA
POR UN ÁRBOL RUMBO AL COLEGIO.
EN LA ESPALDA TENÍA UNA BOLSA
INMENSA DE TODOS LOS COLORES.
NO ERA COMO LA BOLSA DE SU MAMÁ,
PERO PARECÍA MUY CÓMODA.

–¿ME LLEVÁS EN TU BOLSA,
KOLI KOALA? –LE PIDIÓ.
–POR SUPUESTO, CU –RESPONDIÓ
SU AMIGO KOLI KOALA.

CU CANGURO TRATÓ DE METERSE EN LA BOLSA.
PERO UNOS CUADERNOS, UNA GOMA DE BORRAR
Y UN SÁNDWICH LE IMPEDÍAN EL PASO.
UN LÁPIZ RECIÉN AFILADO LE PINCHÓ LA COLA.
Y EL KOALA, POR ERROR, CASI LO USA PARA JUGAR A LA PELOTA.
¡ESTO ERA MUCHÍIIIIIIIIIIISIMO PEOR QUE UN HERMANITO!

CU CANGURO NO SABÍA QUÉ HACER.
NINGUNA BOLSA ERA COMO LA DE SU MAMÁ.
Y LA DE SU MAMÁ ESTABA OCUPADA POR UN CANGURITO.
LOS BIGOTES SE LE PUSIERON TRISTES.
Y SE DOBLARON COMO RAMITAS.
LAS PESTAÑAS SE LE MOJARON, OTRA VEZ.
PARECÍA QUE LA LLUVIA LO HABÍA SORPRENDIDO SIN PARAGUAS.

ARRASTRÓ LAS PATAS POR UN SENDERO DE TIERRA SECA.
Y UNA NUBE DE POLVO LO SIGUIÓ HASTA SU CASA.

CUANDO CU CANGURO LLEGÓ, SU MAMÁ
LE ESTABA PONIENDO UN GORRO AL CANGURITO.

LA MAMÁ VIO A CU Y LE DIO UN ABRAZO ENORME.
¡ESTABA TAN FELIZ DE VERLO!

–QUÉ SUERTE QUE VOLVISTE DEL PUEBLO –LE DIJO–.
¿QUERÉS ACOMPAÑARNOS A DAR UN PASEO?

CU LA MIRÓ.
MIRÓ A SU HERMANITO.
Y ESTUVO A PUNTO DE DECIR QUE NO.
QUE NO, NO Y NO.
PERO DE PRONTO SE MIRÓ EN UN CHARCO.
Y VIO SU IMAGEN REFLEJADA EN EL AGUA.
YA ERA UN CANGURO GRANDE Y FUERTE.

ENTONCES UNA SONRISA SE DIBUJÓ NUEVAMENTE EN SU CARA.
¡CLARO! ¡POR ESO NO ENTRABA EN LA BOLSA DE SU MAMÁ!
¡NI EN LAS BOLSAS DE SUS AMIGOS!

—ESTÁ BIEN, MAMÁ —ACEPTÓ CU, DÁNDOLE LA MANO—.
PERO YO QUIERO IR SALTANDO A TU LADO.

FOLI DE MÉXICO S.A. DE C.V.
Negra Modelo No. 4 Bodega A
Col. Cerveceria Modelo
Naucalpan Edo. De México
Tel. 91 59 21 00